AF330893

25029

Ye

ÉPITRE

A

Un Jeune Étudiant en Droit,

DÉDIÉE

aux Élèves du Collége Royal de Pau.

Par Auguste Lafon.

Causas, inquis, agam Cicerone disertiùs ipso,
Atque erit in triplici par mihi nemo foro.

MARTIAL.

DE L'IMPRIMERIE DE VERONESE.

PAU,

AU CABINET DE LECTURE,
RUE ROYALE.

Avertissement.

Lorsque je publiai ma première épitre, j'étais loin de m'attendre au favorable accueil qu'elle a reçu : j'avais cédé au désir de me rendre utile à des jeunes gens que j'aime, et qui méritent bien certainemeut d'être aimés. Ce désir était si violent, que pour le satisfaire, je m'étais exposé au danger de me nuire à moi-même. Il n'en a pas été ainsi ; tous ceux qui ont lu mon petit ouvrage, ou bien ont été touchés de ma jeunesse, ou bien n'ont considéré que l'intention de l'auteur, sans s'arrêter à la faiblesse de la production. Quoiqu'il en soit, ils en ont paru satisfaits, (1) et leur indulgence a eu tant de charmes pour moi, que je n'ai pu résister au désir de l'éprouver encore.

Les élèves du collége royal de Pau, aux quels mon épitre était dédiée, se sont montrés très-sensibles à cette marque d'attachement ; et ils m'ont adressé les vers suivans, que je me fais un plaisir de publier, par la raison que je dirai plus bas.

____

(1) Je ne parle ici que des gens raisonnables et impartiaux ; quand aux autres, voyez à la fin des notes ce que je leur réponds.

 ## AVERTISSEMENT.

Pour nous que tes vers ont de charmes,
Jeune favori d'Apollon,
Chacun de nous verse des larmes
En lisant ta production.
Eh! qui ne serait point sensible
A la triste fin de Forlis?
En apprenant sa mort terrible,
Oui, tous nos cœurs sont attendris.

Mais, lorsque de Belfort nous voyons la misère,
    A la compassion succède le mépris;
Quoi! rejetté Belfort, et maudit par un père!.........
Qui de nous de son sort pourrait être surpris?

        Prêts à naviguer sur une onde,
        En butte à la fureur des vents,
        Et livrés, sur la mer du monde,
        Aux plus terribles élémens,

    Par ce triste récit, favori du Permesse,
D'un péril imminent tu veux nous préserver;
En vers harmonieux, instruisant la jeunesse,
Tu nous parles au cœur et sais nous captiver.

        Tu nous dis avec élégance :
        C'est la vertu qu'il faut chérir,
        C'est là le trésor de l'enfance;
        D'un heureux et bel avenir
        Elle est un infaillible gage;
        Elle conduit au vrai bonheur,
        Surtout, lorsque dans le jeune âge,
        Elle a régné dans notre cœur.

Quel style séduisant! quelle douce harmonie!
Oui, tes sages leçons produiront d'heureux fruits;
Tes conseils, cher Lafou, régleront notre vie,
Et tes vers resteront gravés dans nos esprits.

Au nom de ses condisciples,
A. FOURTOU.

On ne me fera pas, je l'espère, l'injure de croire que ce soit un sentiment de vanité qui m'ait porté à mettre au jour ces jolis vers. Loin de moi ce ridicule orgueil; je sais que le langage du cœur est exagéré, et surtout lorsque c'est un jeune poëte qui le parle; mais j'ai voulu donner une preuve incontestable que dans le respectable établissement où cette aimable jeunesse est élevée, on ne soigne pas moins le cœur que l'esprit.

N'aurais-je pas ici l'occasion d'ajouter quelques coups de pinceau au portrait de l'homme vertueux que j'ai peint dans une note de ma première épitre? Ne pourrais-je pas tirer parti de cette circonstance, pour prouver combien ces jeunes élèves profitent de ses saintes instructions, combien ils le respectent, combien ils le chérissent?...... Mais non, je sais trop ce qu'il m'en a coûté pour avoir laissé parler mon cœur aussi *indiscrètement*, comme il me le disait lui-

même. Ses reproches m'ont été trop sensibles,
pour que je veuille m'y exposer encore...........
Mais je reviens.

Je souhaite que les élèves du collége royal
de Pau voient dans cette nouvelle épitre, une
nouvelle preuve du tendre intérêt que je leur
porte, et que le public veuille bien me conti-
nuer son encourageante indulgence.

EPITRE

A

UN JEUNE ÉTUDIANT EN DROIT.

Cʜᴀʀʟᴇs, c'en est donc fait, le dessein en est pris;
Pour l'auguste Thémis d'un noble amour épris,
Tu veux te signaler dans l'illustre carrière
Dans laquelle a brillé ton respectable père,
Ses conseils et ton goût ont décidé ton choix;
Brûlant de parcourir le dédale des lois,
Tu cèdes à l'élan de ton impatience,
Tu reviens sur les bancs, et la douce espérance
D'égaler *Romiguières* (1) ou l'orateur romain,   (2
Fait qu'on ne te voit plus sans ton code à la main.
Tu m'écris : « Tu verras, au sortir de l'école,
» Si Charles vainement a pâli sur *Barhole*;   (3
» Si le Ciel me seconde et soutient mon ardeur,
» Je veux, avant deux mois, le savoir tout par cœur....
» Qu'il sera doux alors pour moi, pour mes amis,
» De me voir couronné par la main de Thémis !
» Qu'il sera doux de voir, qu'étant à peine adulte,
» Je suis cité partout comme un jurisconsulte !

» Et lorsque mon bureau sera plein de vieillards
» Qui pour me consulter viendront de toutes parts !
» Lorsqu'un jeune orphelin viendra, d'un air timide,
» Implorer mon secours contre un tuteur perfide,
» Ou qu'une veuve, en proie aux plus vives douleurs,
» Paraîtra devant moi, les yeux baignés de pleurs !
» Alors, Auguste, alors mon nom couvert de gloire,
» Inscrit en lettres d'or au temple de mémoire,
» Chéri, dès mon vivant, et partout respecté,
» Parviendra radieux à la postérité ! »

Oui, cher ami, j'en ai la douce confiance,
La renommée un jour vantera ta science ;
Tu peux dans le barreau paraître avec éclat
Et te faire citer comme un grand avocat,
Tes moyens sont connus et tes preuves sont faites ;
Mais, je te supposais des motifs plus honnêtes.
Et quoi ! ce noble choix que j'avais tant vanté,
N'était-il donc l'effet que de ta vanité ?
Et dans le beau chemin que t'ouvre l'éloquence,
N'apercevrais-tu pas quelqu'autre récompense
Moins brillante, il est vrai, mais plus douce à ton cœur ?
Charles, ouvre les yeux et connais ton erreur.

D'un renom glorieux le désir mercenaire
Dégrade de Thémis le sacré ministère ;
Thémis ne reconnaît pour digne serviteur
Que celui qui renonce à tout espoir flatteur,
L'aime sans intérêt et, s'oubliant lui-même,
A la faire régner met son bonheur suprême.
Oui, Charles, l'avocat digne de son emploi,
Ne doit envisager que le faible et la loi ;

Défendre l'un et l'autre est son unique envie ;
Des fruits de ses efforts le seul qu'il apprécie,
Ce n'est pas que *son nom illustre, respecté,*
Parvienne radieux à la Postérité,
Mais, c'est que l'orphelin, dans sa triste chaumière,
S'écrie avec transport : j'ai donc encore un père !
Ennemi déclaré de l'injuste oppresseur,
De l'innocence il est le zélé défenseur ;
Le crime mal caché dans le cœur du coupable,
Ne saurait soutenir son regard redoutable,
Tandis que la vertu sourit pleine d'espoir.
Plutus, l'Ambition sur lui n'ont nul pouvoir ;
Vénus même à ses pieds tomberait tout en larmes,
Et pour une injustice offrirait tous ses charmes,
Que, bravant sans effort ses perfides attraits,
De la beauté son cœur émousserait les traits.
Ses conseils, il les donne et ne sait pas les vendre, (5.
Ami des malheureux, il rougirait d'attendre
Que *son bureau fut plein de femmes, de vieillards*
Qui pour le consulter viendraient de toutes parts,
Il les prévient, il va dans leur modeste azile,
Les interroge et sait, médiateur habile,
Ou leur faire adopter un accommodement
Qui d'un procès douteux détourne le tourment,
Ou bien, s'ils sont fondés, fait triompher leur cause,
Les rendre heureux, voilà tout ce qu'il se propose ;
Le prix de ses bienfaits, il le trouve en son cœur,
Et du bonheur d'autrui découle son bonheur. (6.

Mais, Charles, tu dois voir qu'en traçant ce modèle,
J'ai fait, sans y songer, la peinture fidèle

De l'homme vertueux qui te donna le jour.
Il t'a tracé la route, et tu dois à ton tour
Devenir comme lui l'appui de l'innocence.
Tu sais que la vertu non moins que l'éloquence,
Dans sa noble carrière a dirigé ses pas,
Qu'il dédaigna la gloire et ses brillans appas,
Et que si de lauriers on voit sa tête ornée,
C'est Thémis, malgré lui, qui l'en a couronnée.
Elle a mis au grand jour ses vertus, ses talens,
C'est elle qui dictait ces discours éloquens
Qui toujours, tu le sais, firent pâlir le crime,
Et c'est par elle enfin que, vengeur de *Sélime*,
Il sût, en démasquant son lâche suborneur,
Et prévenir un crime et sauver son honneur.

Peut-être, cher ami, ne sais-tu pas encore
Ce fait intéressant que personne n'ignore,
Ton père qui toujours aima l'obscurité
Et dédaigna l'éclat de la célébrité,
Peut-être jusqu'ici t'en a caché l'histoire,
Et bien, je vais parler et révéler sa gloire.

Sélime était alors dans cet âge enchanteur
Où l'âme vaguement soupçonne le bonheur,
Sélime avait quinze ans; belle, sans croire l'être,
Aimable, sans songer à le faire paraître,
Sa touchante candeur, ses innocens appas
Attiraient des regards qu'elle ne cherchait pas.
Telle, un jour de printems, brille la jeune Aurore,
Ou telle, dans les prés de la riante Flore,
La rose du matin de zéphirs amoureux
Reçoit, en rougissant, et l'hommage et les vœux.

Parmi ceux qui cherchaient le bonheur de lui plaire,
On remarquait surtout un certain *don Valère;*
C'était un Espagnol jeune, riche, bien fait;
Il adorait Sélime et Sélime l'aimait.
De ses nombreux rivaux la cohorte jalouse
D'avance, en frémissant, la voyait son épouse,
Ils ne se trompaient pas, et le vieux De Latour,
Pour l'himen de sa fille avait fixé le jour.

Tout était préparé pour la cérémonie;
Valère, environné d'une foule ébahie,
Et déjà souriant à la félicité,
Conduisait à l'autel la timide beauté.
Hélas! elle ignorait qu'innocente victime,
Elle allait devenir le vil jouet du crime,
Et que cet inconnu qui subjugait son cœur....
Mais il sera déçu dans son espoir flatteur:
Celui dont trop long-tems il brava la justice,
Va le pousser enfin au fond du précipice
Que l'insensé lui-même a creusé sous ses pas.

A peine dans le temple, il maudissait tout bas
Du ministre tardif la cruelle indolence,
Chaque instant redoublait sa vive impatience,
Il l'aperçoit enfin!..:.. au comble de ses vœux,
Il jette sur Sélime un regard amoureux:
» Ministre de l'himen, dit-il avec ivresse,
» Au pied de son autel, recevez ma promesse,
» Sélime sur mon cœur régnera constamment,
» Et je deviens époux, sans cesser d'être amant.
» Et moi, répond Sélime en regardant la terre,
» Je n'aimerai jamais que l'aimable Valère.»

Le ministre à son tour, leur promet le bonheur,
Et d'une douce voix qui pénètre leur cœur :
» Jeunes amans, dit-il, je vais finir vos peines,
» Je vais vous enlacer avec les douces chaînes
» Que l'amour et l'himen formèrent pour vous deux ;
» Le bonheur, je l'espère, en serrera les nœuds,
» Et vous le fixerez, si, dans vos cœurs fidèles,
» Au flambeau de l'himen l'amour brûle ses ailes »
Prenant alors la main de l'un et l'autre amant,
» Que le Ciel par ma voix, dit-il »…. Au même instant,
Ces redoutables mots sortent du sanctuaire :
« Le Ciel ne bénit pas l'exécrable Valère,
» C'est un vil séducteur, c'est un monstre odieux
» Dont la seule présence a profané ces lieux. »

Le Prêtre est interdit, Sélime est confondue,
Des pâles assistans la foule est éperdue,
Valère seul est calme et sourit de mépris :
« Qu'on arrête l'auteur de ces lugubres cris,
Dit-il, « et qu'à l'instant cette voix ennemie
« Vienne ici rétracter sa vile calomnie. »
» Qui? moi? me rétracter! » s'écrie, avec chaleur,
Un jeune homme inconnu qui s'élance du chœur,
» Traître, faut-il ici prouver ce que j'avance,
» Et peux-tu soutenir le poids de ma présence?»

Valère, à cet aspect, frémit glacé d'effroi :
» Que vois-je? où suis-je? ô ciel! ah! fuis, fuis loin de moi,
« Spectre horrible!..» A ces mots, dans la foule interdite,
Tremblant, pâle, égaré, la peur le précipite;
Bientôt il disparaît. «Où cours-tu malheureux!»
Dit alors l'inconnu qui le suivait des yeux,
» Insensé! pourras-tu t'échapper à toi-même?»

De tous les assistans la surprise est extrême,
On s'agite, on s'attroupe au tour de l'inconnu,
On cherche le motif du trouble survenu,
Ce dernier en ces mots explique le mystère :

» Celui qni faussement se nommait don Valère,
N'est pas un étranger ; mais couvert de forfaits,
L'infâme aurait rougi de se nommer français.
A Toulouse autrefois je connus le perfide ;
Son esprit, ses talens, son air sage et timide,
Tout en lui sut me plaire et lui gagna mon cœur.
Ah ! que ne résistai-je à ce charme trompeur !
O malheureuse sœur ! ô ma pauvre Euphémie !
Je n'aurais pas causé le malheur de ta vie !
Mais, me doutais-je hélas ! que cet être pervers
Fût un monstre pétri du limon des enfers !
Tandis qu'avec ardeur mon amitié naïve
A lui complaire en tout se montrait attentive,
Le perfide formait l'exécrable projet
De me déshonorer par le plus noir forfait.
Il aimait Euphémie ; innocente et sincère,
Ma sœur était sensible à l'amour de Valère
Et ne le cachait pas ; loin de blâmer ses feux,
Je les entretenais dans son cœur amoureux.
Insensé ! j'ignorais alors l'affreux système
De mon indigne ami ! le jugeant par moi-même,
J'avais toujours pensé que ses ardens désirs
Attendaient que l'himen, escorté des plaisirs,
Vint éteindre le feu qui consumait son âme.
Mais non ; vil aliment d'une impudique flamme,
Son cœur du pur himen n'eut pu souffrir les lois.
De la séduction il emprunte la voix ;

Mon imprudente sœur...... hélas! que vous dirai-je?.....
Cruel amour! c'est toi qui lui tendis ce piège!
C'est toi, tyran des cœurs, dont le fatal bandeau
De sa faible raison éteignit le flambeau!
Désespéré, je cède au transport de ma rage,
Je brûle dans son sang de laver cet outrage,
Et le fer à la main, je l'appelle au combat.
La fureur m'égarait, bientôt le scélérat,
Malgré tous mes efforts, m'étend sur la poussière;
Je nage dans mon sang, je ferme la paupière,
Le traître me croit mort, il fuit.... Vous avez vu
Sa pâleur, son effroi, lorsqu'il m'a reconnu.
O vous qui de ce monstre alliez être victime,
Ah! réjouissez-vous innoncente Sélime!
Que je me trouve heureux! que je bénis le sort,
Qui pour veiller sur vous m'a sauvé de la mort!»

Il dit : à ce discours la foule est attendrie,
Sélime est indignée, et son père s'écrie :
« O vous qui de ma fille avez sauvé l'honneur,
» Qui, mieux que vous, pourrait assurer son bonheur?
» Généreux inconnu, consommez votre ouvrage,
» Devenez son époux, elle est votre partage. »
Sélime, en rougissant, baisse ses deux grand yeux,
Son silence dit *oui*, l'inconnu généreux
Est beau, bien fait, aimable autant que ce Valère,
Qui l'avait abusée et ne doit plus lui plaire.......
Bientôt l'un près de l'autre on les voit à genoux,
Bientôt ils sont bénis, bientôt ils sont époux.

Mais, Charles, ce récit t'aura surpris peut-être,
Je te le vois relire, et tu ne peux connaître

Quel rapport ont entr'eux Thémis et l'inconnu;
Je ne t'en blâme pas, et je l'avais prévu,
Aussi vais-je à mon tour t'expliquer ce mystère.
Cet être merveilleux, Charles, c'était ton père.
Jeune encor, mais doué du plus rare talent,
Il promettait alors ce qu'il tient à présent.
Valère en le fuyant, fuyait son éloquence,
Car, quoiqu'il le crût mort, sa subite présence
N'eût jamais fait pâlir son front audacieux;
Mais il voyait alors briller devant ses yeux
Le glaive de Thémis, ce glaive redoutable,
Qui lui semblait déjà percer son cœur coupable;
C'était donc à Thémis, à son noble ascendant
Que ton père devait son triomphe éclatant.

Toi donc, qui de Thémis veux suivre la bannière,
Sois digne de Thémis, sois digne de ton père.
Esclave de l'honneur et de la vérité,
Fais briller son flambeau; perce l'obscurité
Où l'affreuse chicane ourdit ses noires trames,   (8
Démasque la perfide et ses complots infames.
Qu'aux accens de ta voix, le crime triomphant
Courbe son front coupable et t'écoute en tremblant; (9
Et qu'à ton seul aspect, la timide innocence
Ouvre un sein palpitant à la douce espérance.
Charles, tu veux aller à la postérité?
Suis ce chemin, il mène à l'immortalité;
C'est là le seul moyen d'illustrer ta mémoire,
Car, avant d'arriver au temple de la gloire,
Tout homme, quelqu'il soit, héros, prince, orateur,
Doit passer, tu le sais, par celui de l'honneur.   (10

NOTES.

1) Célèbre avocat, qui a illustré et illustre encore le barreau de Toulouse.

2) Marcus Tullius Cicero, surnommé le prince des orateurs. Ce grand homme annonça, dès ses plus tendres années, qu'il serait un jour un prodige, et les brillantes espérances qu'il avait données ne manquèrent pas de se réaliser. Il est vrai qu'il n'y avait alors à Rome ni cafés, ni billards, mais y en eut-il eu, je doute fort que Tullius y eût établi son cabinet d'étude. Dans le cas contraire, il n'est pas assurément probable qu'il eût atteint, dans le genre oratoire, ce degré de perfection qui le fera toujours citer comme un modèle. A quoi pensent donc la plupart de nos jeunes étudians? N'est-ce pas dans ces lieux qu'ils passent les trois-quarts de leur tems? Aussi qu'en arrive-t-il? Ils sont reçus avocats, je ne sais trop comment, et alors ils gagnent, il est vrai, toutes les *poules*, mais aussi ils perdent tous les procès. Quant à la quatrième partie du tems qui leur reste, ils en accordent libéralement une bonne portion au spectacle. Je ne veux pas ici faire un sermon, ainsi je ne toucherai pas le point moral. D'ailleurs, on ne manquerait pas de se récrier ; on m'objecterait que c'est là qu'un jeune homme apprend les usages de la societé, qu'il polit ses manières et qu'il secoue entièrement la poussière scholastique ; on n'oublierait pas surtout de débiter avec emphase ce vieux adage : *La comédie est l'école des mœurs!* Fort bien, mais est-ce

une école de droit ? Et y apprendrez-vous la jurispru-
dence ? Elle apprend les usages de la société ! mais ap-
prend-elle les usages du barreau ? Inspire-t-elle beaucoup
de goût pour les études de ces lois dont vous devez un
jour devenir le soutien ? Est-ce là que vous puiserez
l'amour de la vérité, et que vous trouverez ce redoutable
flambeau que votre main doit faire briller un jour dans
l'antre ténébreux de la chicane ? Je sais qu'il est un tems
pour tout, mais devez vous conclure de là que la meilleure partie doit en être consacrée à des amusemens
frivoles qui ne peuvent produire que l'amour de la dis-
sipation et le dégout de l'étude ?

3) Fameux jurisconsulte, connu par ses ouvrages de droit.

4) Mais je te supposais des motifs plus honnêtes.

C'est-à-dire, le désir d'être utile à la societé, et de
mériter le doux nom d'ami du faible et de défenseur
zélé de l'opprimé. Tels sont du moins les motifs qui
doivent faire agir les jeunes gens bien-nés qui aspirent
à la noble profession d'avocat. Mais hélas ! qu'il est petit
le nombre de ceux qui, vraiment pénétrés de l'im-
portance des obligations qu'il vont contracter, ne s'ap-
prochent du temple de Thémis qu'avec un respect réli-
gieux et une dévotion absolue ! J'aperçois près de mille
jeunes gens qui se rendent en foule à l'école. Leur em-
pressement me ravit et leur zèle me fait concevoir les
plus flatteuses espérances. Mais, examinons un peu les
motifs qui les conduisent au sanctuaire des lois.

Les uns, séduits par un vain fantôme de gloire, n'ont
d'autre but que celui de se rendre célébres ; que l'innocence

soit opprimée, que l'injustice triomphe, peu leur importe : peu scrupuleux sur le choix des moyens, la meilleure cause leur paraît toujours être celle qui doit leur rapporter le plus de gloire.

Les autres plus nombreux et plus méprisables, y viennent chercher la fortune. Traficant d'avance et de leur éloquence et de leur honneur, ils sont disposés à tout sacrifier à la cupidité. Le sordide intérêt règne seul dans leur âme et il y règne en Tyran. C'est lui qui leur ordonnera d'immoler l'innocent sans richesse aux pieds du coupable riche et puissant, et ils obéiront ; c'est lui qui les forcera à trahir la confiance de leurs cliens et à vendre leurs paroles au poids de l'or, et ils céderont sans effort ; c'est lui enfin qui leur fera toujours voir la justice assise auprès de l'opulence, celle-ci fût-elle accompagnée du crime !.....

« Quant aux autres, ils s'y rendent presque tous, sans savoir pourquoi ; ils n'ont nul projet, nul désir, nulle espérance ; ils y vont uniquement parce que il y a beaucoup de jeunes gens ; ils suivent machinalement leur exemple ; ils se laissent, pour ainsi dire, entraîner par le torrent. Aussi, bien décidés à ne se donner aucune peine, à ne se livrer à aucune étude, ils viennent, auditeurs bénévoles, siéger auprès de leurs condisciples, parce qu'à cette heure là, ils ne trouveraient leurs condisciples dans aucun autre lieu. Ils seraient cependant bien aises d'obtenir le titre d'avocat, mais pourquoi ? Par intérêt ? Non, ils ont de la fortune et d'ailleurs le travail les effraye. Par ambition ? Encore moins ; ils aimeraient assez la gloire, mais ils voudraient qu'elle vint les trouver, car, pour eux, ils sont incapables de faire un pas pour aller à elle. Pourquoi

donc? Le voici : ils savent que, grâces à un petit nombre
d'hommes qui ont honoré l'humanité, cette profession est
devenue une des plus respectables, et, frelons impudens,
ils voudraient s'approprier le fruit des travaux pénibles
des laborieuses abeilles.... A cet aspect, Thémis soupire,
le crime sourit et l'innocence pleure !

5) *Ses conseils, il les donne et ne sait pas les vendre.*

Qu'ai-je voulu dire par là ? Prétendrais-je qu'un avocat
doit, par une délicatesse excessive, refuser des honoraires
que l'usage, le bon sens et la loi lui assignent, et que
son travail, toujours pénible et souvent fastidieux, est
assez récompensé par la reconnaissance de ses cliens ?
Non, sans doute. J'ai voulu dire seulement que l'intérêt
et ses viles spéculations ne doit jamais être le mobile de
ses actions, et que si un malheureux a recours à ses lumières, l'honorable état qu'il exerce lui impose l'obliga-
tion de tendre à cet infortuné une main secourable et
désintéressée. Quel est l'homme délicat qui blamerait
cette opinion ?

6) *Et du bonheur d'autrui découle son bonheur.*

On l'a dit long-tems avant moi, le bonheur le plus
pur est celui que produit le souvenir d'une bonne action.
J'ajouterai que plus ces actions ont d'influence sur la félicité de nos protégés, plus notre bonheur s'accroît. Or,
est-il un état qui fournisse plus d'occasions de faire de
ces sortes d'actions, que celui d'avocat !
Souvent le sort d'une famille entière est attaché à la
décision d'un procès ; non-seulement sa fortune, mais,

ce qui est bien plus important, son honneur, sa bonne ou mauvaise réputation en dépendent. La justice de sa cause n'est pas toujours pour elle un motif de tranquillité, on n'a que trop d'exemples de l'innocent victime des trompeuses apparences. L'avocat, mais l'avocat probe et éloquent (Il doit nécessairement réunir ces deux qualités) peut seul découvrir la vérité, cette vérité qui se cache si souvent d'elle-même, et qui, plus souvent encore, est défigurée avec des couleurs si spécieuses, qu'on ne peut plus la distinguer du mensonge. Il la découvre, il la fait briller dans tout son éclat, et bientôt il se voit entouré d'une foule d'êtres reconnaissans qu'il vient de rendre au bonheur; ils invoquent sur lui les bénédictions célestes, et le Ciel qui n'est jamais sourd aux prières de l'innocent, les exauce aussitôt : la douce jouissance qu'éprouve alors cet avocat éclairé et vertueux, en est la preuve indubitable.

7) Tu sais que la vertu non moins que l'éloquence,
     Dans sa noble carrière a dirigé ses pas,

Je l'ai déjà dit, l'avocat doit réunir ces deux qualités, l'une sans l'autre ne lui suffirait pas. La probité le range sous les drapeaux de la justice, et l'éloquence le fait triompher; la probité lui fait désirer de faire le bien, et l'éloquence lui fournit le moyen de le faire; la probité lui fait détester le crime, et l'éloquence le lui fait punir; la probité lui dévoile la fraude et la chicane, les foudres de son éloquence les anéantissent; enfin l'avocat probe, sans éloquence forme des projets louables et ne peut les effectuer, tandis que l'avocat éloquent, sans probité, conçoit des projets criminels et ne les exécute que trop. Socrate est accusé : Mélitus le fait condamner, Criton le pleure,

Démosthènes l'eût sauvé. Catilina soulève des légions et s'avance vers Rome : les honnêtes gens font des vœux pour le salut de la patrie, et tremblent, Cicéron parle et la sauve.

8)   Perce l'obscurité
Où l'affreuse chicane ourdit ses noires trames.

Fille de l'intérêt et de la mauvaise foi, la chicane ne dément pas sa honteuse origine. Combien d'innocens ont été victimes de ses sourdes menées et de ses déclamations frauduleuses ! c'est donc à la démasquer et à la confondre que l'avocat honnête et délicat doit mettre tous ses soins. Mais quel zèle, quelles lumières, quelle ardeur infatigable ne lui faut-il pas pour cela ! c'est une autre hydre de Lerne ; si on lui coupe une tête, cent autres, plus affreuses que la première la remplacent aussitôt.

9) Qu'aux accens de ta voix le crime triomphant
Courbe son front coupable, et t'écoute en tremblant ;
Et qu'à ton seul aspect, la timide innocence
Ouvre un sein palpitant à la douce espérance.

Qu'il est noble, qu'il est puissant l'ascendant de la vertu ! ses ennemis mêmes ne peuvent lui refuser leur estime, et son nom seul attire la plus grande vénération. Pourquoi l'hipocrisie existe-t-elle ? Qui peut la faire naître, l'entretenir, l'encourager ? Ce sont les louanges que chacun s'empresse de rendre au masque trompeur dont elle couvre sa tête hideuse, et dans les traits desquels l'œil abusé croit reconnaître la vertu. Voyez ce scélérat endurci ; souillé de tous les forfaits, capable de toutes les horreurs, il brave tous les dangers auxquels l'expose le crime; ses regards semblent menacer tout ce qu'ils rencontrent, sa physionomie sombre et farouche porte partout l'effroi ; mais pourquoi donc ce trouble? d'où vient cette pâleur subite ? qui peut lui faire baisser ces yeux terribles et menaçans ? Un homme vertueux est passé près de lui.

Qu'un avocat célèbre par son éloquence et par sa probité se charge d'une cause; avant même qu'il ait ouvert la bouche, les juges sont favorablement disposés à son égard ; ils ne doutent pas que la cause ne soit bonne, puisqu'il s'en est chargé. Ils seront toujours au contraire dans une défiance involontaire à l'égard d'un avocat dont la délicatesse et les principes sont suspects; plus il sera éloquent, plus leur défiance augmentera et ainsi ses talens mêmes lui deviendront nuisibles.

10) Car, avant d'arriver au temple de la gloire,
Tout homme, quel qu'il soit, héros, prince, orateur,
Doit passer, tu le sais, par celui de l'honneur.

On sait que les romains avait construit à la gloire un temple tellement disposé qu'on ne pouvait y parvenir, qu'en traversant celui de l'honneur. Allégorie ingénieuse et sublime, qui n'a pas besoin d'explication !

N. B. Quoique ma première épitre ait généralement plu, j'ai eu cependant l'honneur de trouver des critiques. Quelques *Belfort*, qui sans doute trouvaient fort mal que j'eusse pris la liberté de les peindre sans leur permission, se sont beaucoup récrié. « Comment! ont-ils dit, et c'est un jeune » homme de vingt-un ans qui s'avise de nous parler ainsi!

» Et que dirait de plus un homme de cinquante ? Passe
» encore si c'était un vieillard , mais à son âge! Quelle
» présomption ridicule! Quelle inconcevable pédanterie!»
Redoutable enthymème, qui se réduit au raisonnement
suivant : *Si l'auteur était un vieillard, l'ouvrage serait bon ;
or, l'auteur est un jeune homme, donc l'ouvrage est mau-
vais.* Que répondre à cela ? Je parle comme un homme de
cinquante ans, donc je suis un sot; cela est évident comme
on voit. Eh! Messieurs, si je suis trop jeune, est-ce donc
là un défaut incorrigible ? Un peu de patience, et soyez
sûrs que le tems le fera insensiblement disparaître.

«Voyez, ont ajouté mes terribles adversaires, voyez
» comme il exagère! comme il charge ses portraits! sous
» quelles couleurs odieuses il présente la jeunesse! avec
» quel fiel il la dénigre! etc. etc. »

Qu'ai-je donc dit de si violent, de si emporté? J'ai dit
que le libertinage entraînait dans les plus horribles désor-
dres ; que bien des jeunes gens étaient d'autant plus dan-
gereux qu'ils paraissaient plus aimables, etc. etc. Est-
ce donc là un paradoxe? N'a-t-on jamais vu des jeunes
gens, qui, dans leur enfance, étaient tout aussi innocens, tout aussi aimables que *Forlis*, et que le dérégle-
ment de leur jeunesse a conduit à l'échafaud? Moi-même,
qui n'ai que vingt-un ans, j'en ai vu deux de ce nombre.
Les infortunés ont payé de leur tête et de l'honneur de
leur famille, les désordes les plus affreux et les crimes
les moins prévus. J'ai vu tomber ces jeunes têtes.........
Je n'oublierai jamais cette leçon terrible et salutaire ...

Ce n'est pas tout; parce que j'ai rendu un hommage
naïf et pur à la douce piété, à l'aimable vertu, ils m'ont
taxé d'une basse flatterie! Mais je le demande, flatte-t-on

jamais sans intérêt? Or, quel intérêt pourrais-je avoir à louer un homme humblement vertueux, qui hait les louanges autant qu'il les mérite, et de qui je devais me séparer dans quelques jours, peut-être pour jamais? Que pouvais-je en attendre? Des reproches. J'en ai effectivement essuyé de très vifs de sa part. Aurais-je trop écouté la voix de l'amitié et de la reconnaissance? *O felix culpa!* Je suis bien loin de m'en répentir, et il serait peut-à désirer que l'on commît un peu plus souvent de pareilles fautes.

Fin.